LÉON RIOTOR

Mariani l'Ange

ANNONAY
Imprimerie et Lithographie J. ROYER

1901

MARIANI L'ANGE

A une époque déjà lointaine, la vie a si
grandes jambes ! en 1531, je crois, un
adolescent de vingt ans se lamentait à la
porte de l'antique église de Cadiz l'Anda-
louse. Son visage imberbe encadré de
longs cheveux bouclés semblait bouleversé par un amer chagrin. — « C'en est
fait, murmurait-il, la senorita épousera le
vieil alcade, son oncle le veut, je n'ai
plus qu'à mourir ». Ce pauvre diable,
venu à la suite de navigateurs côtiers de
l'île de Corse, et qui subsistait on ne sait
comment, ne s'était-il pas avisé de tomber amoureux de la jolie Inésille, la nièce
de don Zarape ! qui projetait de la ma-
rier à son ami l'alcade Gomez, redouté
des petits garçons, et si laid qu'Inésille
ne pouvait le regarder sans pleurer.

Les jeunes gens se rencontraient, favori-
sés par l'excellente duègne dona Alca-

razon. Voilà bien des idées de bonne femme ! Mais don Zarape ne voulait, en homme sensé, qu'un neveu fortuné et en place. — Le désolé vit venir les deux femmes. — Senorita, je n'ai plus d'espoir, dit-il en essuyant ses yeux noyés de larmes, par ma mère Marianina, je mourrai si vous épousez don Gomez. » — « Pauvre Ange le Mariani, répliqua-t-elle tout émue, moi aussi j'en mourrai »

— « Ciel ! votre oncle, senorita ! » cria soudain la duègne. Inésille tendit sa main aux baisers du triste amoureux. — « Ayez courage, Ange le Mariani ». Hélas ; elle n'en avait pas beaucoup elle-même, pâlissante devant deux terribles promeneurs dont l'un était son parent et l'autre le rébarbatif alcade don Gomez, porteur de sa baguette blanche. — « J'en mourrai » répéta-t-elle encore, entraînée par dona Alcarazon.

Zarape accourait. — « Canaille, sans nom, sans feu ni maille, que je ne te trouve plus à parler à ma nièce, ou je te dénonce, vagabond, à la Sainte Hermandad, et je t'envoie pourrir dans un cul-de-basse-fosse ! »

— « Je gagne ma vie, je ne suis pas un vagabond. Les peintres dont je suis modèle m'appellent l'Ange, l'apothicaire qui m'envoie cueillir des herbes, le compadre Ayamondo, Calle della Vigia, m'a baptisé Le Savant. Demandez-lui. Non, je ne suis pas un sans nom, mon père commandait dans notre île, affirmait l'adolescent, rouge de colére, et si j'ai quitté mon village et ma mère Marianina, c'est qu'il faut vivre. J'étais mousse d'un caboteur génois, qui naufragea, et c'est pourquoi je suis ici ». — « Eh bien je te réponds que tu n'y resteras pas longtemps, cria don Gomez d'une voix terrible en agitant sa baguette blanche, sinon ce sera peut-être plus que tu ne le voudrais ! »

— « L'insensé se leurre, avec ses aumônes de peintre et son apothicaire à dix maravédis chaque pleine lune, » dit à son tour don Zarape, « je n'accorderai ma niéce qu'à un homme riche et puissant. C'est pourquoi, quand elle aura dix-huit ans, dans trois ans, Inésille sera votre épouse, mon cher alcade. Ma décision est irrévocable ».

La fureur de l'alcade sembla croître à la seule supposition qu'il pût en être autrement de ce mariage, et, d'un coup d'œil circulaire, il chercha quelqu'alguazil pour faire immédiatement saisir Mariani L'Ange. Qu'adviendrait-il de lui entre les murs d'un cachot. Le jeune homme ne le savait que trop, la Sainte-Hermandad avait plus d'un crime sur la conscience, et qu'importerait à toutes les justices, au corrégidor, à l'alcade mayor, et à l'empereur lui-même, la captivité d'un vagabond sans appui et sans famille ?

Il fallait fuir, — ce qu'il fit immédiatement, — et ne reparaître que riche et puissant, dans l'illusion de fléchir don Zarape. Mais ce n'était possible que par un conte de fées. Son chagrin fut immense. Il n'avait plus qu'à mourir !

Que devient la triste fleur dont la corolle lasse se penche jusqu'à terre. Elle cherche encore un rayon de soleil comme un dernier espoir. Ange s'en allait par la ville, pleine ce jour-là d'un mouvement inusité, sans prêter attention aux propos des bandes bruyantes qui le côtoyaient. Quand il songea à lever les yeux, il reconnut avec émoi la haute maison blanche de don Zarape, aux étages coupés de raies rouges, aux miradores élégants remplis de verdure. C'était la cage de son bel oiseau d'amour.

Qui niera la puissance du désir et de l'attente ? A peine le jeune homme se trouvait-il en ce lieu dont il avait si souvent rêvé, dardant des regards éperdus sur l'un des miradores, peu surélevé de la rue, que le doux visage de son amante apparut au vitrage. Ses yeux rougis attestaient sa douleur. Elle ouvrit la fenêtre, se pencha et aperçut le Mariani. Ses larmes se reprirent à couler si fort qu'il courut assez vite pour en recueillir sur ses lèvres la saveur amère et chaude. Ah ! le philtre divin dont il garda toute sa vie le souvenir. Un sang nouveau jaillit jusqu'à son cœur. Il redressa fièrement la tête et cria : « Attendez-moi, je reviendrai riche et puissant ».

La fenêtre fut refermée avec violence, et, à la place du visage si gracieux, il n'y eut plus que la figure courroucée de don Zarape qui lançait des imprécations. Non loin de là, sur la porte des remparts, l'écusson aux armes de la ville frappa son regard : Hercule domptant deux lions. Il serait Hercule et arriverait à bout de don Zarape et de don Gomez !

La foule devenait plus houleuse vers le port, où se balançaient trois caravelles qui excitaient une vive attention. D'un bout à l'autre de la rue conduisant à la Casas Consistoriales circulaient des hommes armés. Leur accoutrement était étrange. Il y en avait de jeunes et de vieux, de tous les âges. Des barbes grises accompagnaient des mentons de velours. Les vêtements des uns sentaient les guenilles hâtivement rapiécées, sous des espingoles rouillées, d'autres portaient des justaucorps neufs, des feutres et des toquets empanachés, des armets et des cuirasses. Des dagues, des rapières et des pistolets ceinturaient leurs flancs. Ils se rassemblèrent sur la Plaza Mayorale, et ce fut un extraordinaire mélange de physionomies et de couleurs. La foule, pressée autour d'eux, fut écartée avec force horions, et le murmure de ces gens battus révéla en-

fin à Mariani ce qu'il voyait : les conquistadores.

C'était une nouvelle expédition de conquistadores. Il en compta deux cents et
apprit que leur chef, François Pizarre,
avait, en une entrevue solennelle de Charles-Quint, obtenu les trois vaisseaux à
l'ancre et le titre anticipé de gouverneur
des provinces à conquérir. Couvert d'une
armure en assez bon état, il animait ses
mercenaires de la voix et du geste, flanqué de ses trois frères Hernando, Gonzalès et Juan, et de quelques autres lieu-
tenants, parmi lesquels Diego d'Almagro,
déjà populaire par de précédents voya-
ges, et le moine dominicain Vincent Valverde, aumônier, dont les prédications
audacieuses avaient soulevé plus d'une
émeute. — « Les Conquistadores ! » répé-
tait la foule. Où allaient ils, nul ne le savait, vers les Indes probablement, sur les
traces de Cortez et de ce pauvre Christo-
phe. Alors, à quoi bon ? De mieux infor-
més savaient que les frères Pizarre vou-
laient se diriger plus au sud, sur les traces
du portugais Magellano, et, plus loin encore, traverser les Indes jusqu'à un Océan
nouveau.

L'imagination de ce pauvre Mariani
était violemment excitée par la vue de
ces hardis aventuriers, et son chagrin
presqu'oublié, quand un des conquistadores même vint lui frapper sur l'épaule. Il

eut quelque peine à reconnaître l'apothicaire de la Calle della Vigia, le compadre
Ayamondo pour lequel il cueillait des
herbes dans la campagne gaditane.

Il n'en put croire ses yeux.

— « Vous partez donc, senor apothicaire ! Que va devenir votre officine ? »

— « Laissée à mon cousin Josefe, un ex-
cellent garçon qui s'en tirera parfaite-
ment. Je t'ai recommandé à lui, Mariani
le Savant, tu iras chercher nos simples
comme par le passé. Pour moi, le désir
des aventures m'est venu tard, sans doute,
mais quand il m'a pris, je n'ai pu lui résister. Je veux voir du pays, maintenant,
l'ami. Mon client, Diego d'Almagro, cher-
chait des hommes, je me suis offert pour
médecin de l'expédition et voilà ! »

L'apothicaire allait rejoindre son rang,
quand il se heurta le front avec tant
de force qu'il en dérangea son bonnet.

— « J'y songe, mon jeune ami, la vie n'a
rien de bien drôle pour toi, en cette ville
où tu n'es pas né, et tu es bien plus malin
que moi sur beaucoup de choses, je
l'avoue sans honte. Sois des nôtres, je
t'emmène comme mon second ? »

Mariani chancela, ébloui. Son premier
instinct fut de refuser. S'éloigner d'Inésille, jamais... Puis don Gomez surgit devant lui, armé de sa baguette menaçante.
Comment devenir Hercule, et vaincre les
deux lions ! — « Je vous suis, compadre,

dit-il. Accordez-moi le nécessaire et présentez-moi ». Ce qui fut bientôt fait. Les trois navires quittèrent la baie au coucher du soleil, emportant Mariani et sa fortune.

François Pizarre, le Grand Marquis, ainsi que l'appelaient ses frères, avait été gardeur de pourceaux. Pourquoi l'ancien modèle, l'indigent herboriste, ne deviendrait-il pas, lui aussi, marin et conquistador ? Il regarda des heures se perdre dans la brume ces lieux où il ne reviendrait peut-être plus, où demeurait son cœur, puis ne songea ensuite qu'aux périls et aux chances des aventuriers.

Le voyage fut long et pénible. Plus d'un regretta le sol ferme de l'Andalousie, et les bonnes vesprées passées le ventre au soleil sur le port, et les joyeuses beuveries à la Taberna de la Apodaca, même le compadre Ayamondo, qui « ne s'en menait pas large » selon l'expression des marins d'alors qu'effrayaient ces grandes traversées. Mariani, soutenu par ses craintes autant que par ses désirs, résista mieux. Le souvenir d'Inésille lui redonnait du courage, et il se rappelait la baguette de don Gomez.

Après des jours et des jours, des semaines et des mois, après qu'on eut vu renaître et disparaître des terres à l'horizon et qu'il fut trépassé pas mal d'hommes dont on jetait tout simplement le corps par

dessus bord, Pizarre cria : « Cette fois
nous y sommes » et tout le monde braqua
ses regards sur un îlot noirâtre dans
l'océan. Et tous ceux des deux navires
qui voguaient de conserve firent de même.
L'îlot augmenta, on s'en approcha, on s'en
empara. Pourtant ce n'était qu'un îlot.
Plus loin sur la côte, un village. Pizarre
commençait à penser que les habitants
pourraient bien résister. Il n'en fut rien,
les barques déposèrent leur fardeau hu-
main, les armes et les munitions. Quelques indigènes regardèrent, sans protes-
ter.

Dès qu'il sentit le sol ferme, le dominicain Valverde ouvrit son Evangile, invo-
qua Saint-Michel et tous les saints, s'age-
nouilla et déclara que cette terre
appartenait au roi d'Espagne. Et François
Pizarre ajouta d'une voix de tonnerre, en-
tendue de tous : « San Miguel est au roi
comme le ciel est à Dieu. Je confie la
garde de San Miguel à mon frère Hernando. »

Un grand chef venait de triompher de
son frère qui lui disputait le trône de ce
pays. Il se nommait Atalhualpa, de la
famille des Incas, treizième descendant de
Manco-Capac. Par curiosité et condescen-
dance, il voulut contempler ces étrangers
qui venaient des contrées où le soleil se
lève, et que la mer avait apportés. Il le
fit savoir à Pizarre qui se dirigea au de-

vant de lui à travers le pittoresque continent offert à leur convoitise. Ils parcoururent de riantes pampas, d'une fertilité extraordinaire, franchirent des torrents et des rivières qui semblaient charrier des paillettes d'or, des montagnes qui recélaient certainement des mines de diamants. Le compadre Ayamondo, prenait au sérieux son rôle de médecin, s'égarait en recherches botaniques avec son fidèle Mariani. Mais la prudence exigeait qu'ils ne s'éloignassent pas de la cohorte espagnole.

Les indigènes fournissaient des vivres que nul ne songeait à leur payer. Un jour, Mariani s'aperçut que la monnaie de ces gens se composait de feuilles séchées, et sa curiosité fut éveillée au plus haut point. Mais il n'avait rien à échanger contre ces feuilles que les Indiens dérobaient précipitamment à sa vue. Le pauvre apprenti médecin devint fort en peine et s'en ouvrit à son compadre.

— « Tu découvres partout des plantes extraordinaires, s'écria l'apothicaire, je gage que ta monnaie végétale est faite de quelque cuir racorni ! — « Sûr que non. » — « Enfin cherchons. »

Ils se dirigèrent vers la hutte spacieuse d'un notable. Ayamondo toucha un objet pendu au mur et tendit une pièce d'or. L'indien détacha l'objet, l'offrit en s'agenouillant au visiteur et refusa l'or, expli-

quant d'un regard que ce métal formait
les ustensiles les plus vils de son ménage.
Mariani imagina alors des indications si
précises que l'indien atteignit en hésitant
une boîte taillée d'un seul cœur d'arbre
et l'ouvrit avec respect. Elle contenait la
précieuse monnaie. Il sortit quelques unes
de ces feuilles, avec l'expression de la
plus vive admiration en répétant : « *Aymara Koka, aymara Koka* ». Et, parais-
sant vaincre une crainte mystérieuse, leur
fit signe de le suivre. Derrière la hutte,
dans un enclos de palis pointus, au centre
d'une seconde enceinte, s'élevait un arbuste à l'écorce blanchâtre, couvert de fleurs
jaunes et de grosses olives rouges. L'Indien se prosterna en répétant *aymara koka*.
Ce fut tout ce que les deux compagnons
purent en obtenir. Mais le lendemain, les
hordes ayant continué leur marche dans
les pampas, Ayamondo s'approcha de
son second : « Tiens, petit, tu examine-
ras ce que c'est ». Durant la nuit, il avait
escaladé l'enclos et ravagé l'arbuste du
trop confiant Indien.

Un des frères du « Grand Marquis »,
Gonzalès Pizarre, passa près d'eux :
« Ayez l'œil à la poudre, vous autres, et
pétrissez votre charpie, les espions se re-
plient ». Les aventuriers assurèrent leurs
coiffures et vérifièrent les armes. Mais le
Grand Marquis fit cesser ces préparatifs
belliqueux : « Paix, mes lascars. Nous

voici au lieu indiqué, Caxamarca, je crois dans leur chien de langage. Le chef de ces cuivrés, l'Inca, nous parlera, écoutons-le ».

Celui-là avait une façon de ne pas répéter deux fois la même chose qui les faisait trembler. On forma deux rangs, de cent hommes chacun. Vincent Valverde tira son Evangile de sa robe et interpréta deux versets d'une voix forte : « Celui qui veut le bien de Dieu, le saisit où il se trouve ». Un frémissement crispa les doigts sur les espingoles, les panaches tremblèrent d'une fièvre d'attente, « Je n'espère rien que de moi-même, continua le Père, mes ennemis sont les réprouvés et les maudits ».

On vit s'agiter l'horizon. Un cortège s'avançait, flanqué de cohortes innombrables, armées de lances et de flèches. Leur masse sombre moutonnait dans la mer des hautes herbes. Les Espagnols distinguèrent les têtes des guerriers peintes en rouge, ornées de plumages, ceintes de bandeaux d'étoffe ou de métal. Ils s'approchèrent, grandirent, s'étendirent. Les poitrines nues étincelaient de couleurs et d'ornements, les membres de lourds joyaux garnis de pierreries, les yeux brillaient comme des escarboucles. D'autres parmi eux, vêtus de robes blanches, soutenaient des buccins dont ils tiraient des sons aigres et prolongés. Au centre,

une litière d'or massif, constellée de cabo-
chons de cimophanes et de cassidoines,
portée par vingt athlètes enduits d'écar-
late et le crâne cerclé d'argent, contenait
Atalhualpa, fils puîné de Huana-Capac,
douzième roi de la dynastie des Incas.

Il contempla dédaigneusement la mai-
gre ambassade et l'allure plutôt misérable
de ces étrangers couverts de boue et de
poussière, tandis que les deux partis s'exa-
minaient en silence.

— « L'heure est aux décisions » pro-
féra soudain le chef des conquistadores,
et le Père Vincent Valverde bondit devant l'Inca : « Déclare-toi chrétien, vil
sauvage, hurla-t-il d'une voix terrible en
lui tendant l'Evangile ouvert, abjure tes
hérésies, et soumets-toi de suite au roi
d'Espagne notre maître ! » Atalhualpa
sourit de cette apostrophe dont il ne com-
prenait pas le langage, mais le moine
ayant continué ses virulentes exclamations en s'approchant jusqu'à lui frôler le
visage avec l'Evangile, le monarque indien
envoya d'un geste rouler le saint livre
dans la poussière.

— « L'heure est aux décisions » répéta
François Pizarre à ses frères. Les ordres
étaient donnés. Le premier rang fit feu.
« Abattez ! » Le deuxième rang, se dé-
plaçant d'un pas de côté, fit feu à son
tour, les espingoles lancèrent leur tonnerre inconnu sur les Indiens épouvantés.

Beaucoup tombèrent, d'autres se jetèrent la face contre terre, ou s'enfuirent, peu songèrent à riposter. Quelques flèches sifflèrent bien çà et là, mais si peu que ce n'est pas la peine d'en parler. Atalhualpa, treizième roi de la dynastie de Manco-Capac, resta sans défense au pouvoir des envahisseurs.

Mariani L'Ange n'avait jamais assisté à une bataille. Pendant un instant son appréhension fut affreuse, sa langue se dessécha dans sa gorge, et il lui fut impossible d'articuler un son. — « Tu as peur ? » dit Ayamondo, tremblant lui-même comme la feuille. — « Moi peur, je n'ai que la fièvre, tout au plus ». Et c'était vrai, mais quelle fièvre, comme jamais mal'aria donna la pareille. — « Voilà le moyen de montrer ta science » bégaya le compadre, Hélas ! le pauvret ne le pouvait guère. Une soif horrible le tenaillait et il chancelait comme un homme ivre. Dans le désir de rafraîchir coûte que coûte son palais en feu, l'ange médecin mâcha inconsciemment une des feuilles de Ayamondo. L'effet qu'il obtint de cet acte irraisonné fut merveilleux. Une salive agréable circula dans sa bouche, la fièvre disparut par enchantement, la force revint. O miracle ! c'était l'ardeur amère et chaude des chères larmes d'Inésille, il en fut extasié. — « Goûtez, Goûtez compadre ! » cria-t-il, alerte et dispos. A ce moment, Pizarre les faisait appeler. Le grand chef Inca, bouleversé par la stupeur et la honte, venait de tomber en syncope.

Ayamondo courut chercher de l'eau. Déjà Mariani, détachant un brin de l'arbrisseau, le glissait entre les lèvres du monarque défaillant, dont les traits rayonnèrent de joie. — « *Ipatu*, bégaya-t-il, ô *ipatu, aymara koka !* » Pizarre avait appris quelques mots d'indien, alors que fuyant la misère et les pourceaux, vingt ans auparavant, il avait guerroyé dans les mers du Sud avec Nunez de Balboa. le Colomb de ces régions et du Grand Océan Pacifique. « Qu'est-ce donc ? interrogea-t-il, que cette herbe suprême dont il parle comme d'une émanation de sa divinité ? » Le jeune Corse la montra, mais déjà Pizarre courait à l'utilisation de sa victoire.

Une foule énorme de prisonniers les entourait. Mariani alla de l'un à l'autre, circula dans leurs rangs, exhibant un rameau de la plante sacrée, et tous manifestèrent les signes de la plus vive adoration. D'aucuns dirent « *Ipatu* », d'autres, plus loin, crièrent « *Hayo !* », tous ajoutaient en portant les mains au front et au cœur « *Aymara koka* », indiquant par là qu'elle touchait aux racines mêmes de la vie. Leur mimique tant expressive et leurs exclamations apprirent au jeune aventurier qu'elle était vénérée à cause de son origine divine, qu'elle apaisait la faim et la soif, et guérissait tous les maux, qu'elle valait plus que les métaux précieux et les diamants de leur parure. Il eut l'intuition subite d'Inésille aux chères larmes, et d'Hercule terrassant les deux lions. Ce trésor ignoré ne primait-il pas la richesse et la puissance !

Pizarre s'enfonça dans l'horizon mystérieux, suivi de ses mercenaires, dans le soleil et la pluie, les fatigues et les tourments. La lassitude les prenait. — « Nous sommes partis pour ne plus revenir. » — « A quoi bon revenir ? la vieille Espagne se passera bien de nous. — « Pourtant j'ai laissé des êtres que j'aime, ma sœur, ma mère. » — « Ah ! ah ! » — « Et puis Juanetta... » — « Assez causé, vous autres ». Encore ils traversèrent des prairies dont les herbes dépassaient leur tête, des rivières aux eaux glaciales et torrentueuses. Les pires ennemis étaient les animaux sauvages, des énormes serpents et les mouches. Il y en avait des milliards qui dévoraient un homme en quelques heures. Ils en triomphèrent, et arrivèrent dans une bourgade assez importante qui s'appelait Guzco. Pizarre s'en empara sans résistance. Dès le lendemain, il se proclama, devant ses soldats rassemblés, au nom du roi d'Espagne et de l'empereur Charles-Quint, gouverneur de San Miguel, de Guzco et de tout le pays de Péru, du nom que n'avait cessé de répéter le premier indien interrogé par le Grand Marquis. Puis il s'occupa d'organiser sa conquête, jeta les fondements d'une ville qui s'appela Lima, envoya Diego d'Almagro en reconnaissance plus au Sud, où on apercevait de très hautes montagnes, et son frère Juan lever les impôts, et son frère Gonzales enrôler des troupes indiennes pour son service. Son frère Hernando gardait San-Miguel et la côte.

L'existence de Ayamondo et de Mariani fut des plus actives durant cette période, et ils acquirent rapidement une vérible science.

L'ancien vagabond de Cadiz guérit le Grand Marquis de certaines indispositions malignes et sut lui plaire. Dès que son estomac rebelle lui refusait le repos, le conquistador envoyait quérir Mariani : « Courez chercher L'Ange, hurlait-il, il n'y a que lui qui sache me soulager ! » Quelques gouttes d'une tisane préparée avec les débris de la plante aux mille vertus suffisaient à apaiser la souffrance du terrible chef, qui daignait alors se montrer aimable, autant qu'il savait l'être au milieu de ses épouvantables blasphèmes. Le second du compadre Ayamondo devint bientôt le conseiller du gouverneur, et il ne le dut qu'à sa magique trouvaille. Dès qu'il put circuler librement, il se mit à la

découverte de l'*aymara koka*. S'emparer
des semences, préparer une plantation ne
fut qu'un jeu. Le compadre s'improvisa
jardinier comme il était devenu médecin,
et jamais mine d'or fut veillée avec un
soin plus jaloux que le parterre des deux
amis.

Cependant le bonheur n'était pas dans
cette confiance d'un téméraire capitaine,
ni dans ces précieux minerais, marchan-
dise vulgaire, qu'en ces lieux il pouvait
amasser sans peine. Le jeune homme en
soupirait. Obtiendrait-il jamais sa chère
Inésille, vouée à l'odieux don Gomez, re-
verrait-il jamais son petit village corse,
et sa mère Marianina ? Hélas ! les jours
s'écoulaient, depuis deux ans bientôt ils
avaient quitté Cadiz, et rien ne laissait
prévoir le retour.

L'Inca déclaré vassal du roi, Atalhualpa, au pouvoir de Pizarre, refusait le
baptême malgré les effrayantes menaces
de Valverde. Le dominicain voulait le
brûler vif. Le malheureux monarque ne
vit que trop tard dans quel abîme sa confiance l'avait entraîné. Il sentit que les
perfides étrangers deviendraient ses maî-
tres, et offrit les richesses accumulées des
Incas, des monceaux de pierreries et des
montagnes d'or pour sa liberté. Pizarre le
fit emprisonner après avoir saisi ce tribut.
Les menaces du dominicain ne connurent
plus de bornes. Un jour même il construi-
sit un bûcher sous les yeux du captif et

vint lui annoncer : — « Ta dernière heure approche, il est temps de te repentir. » Atalhualpa, affaibli et malade, épouvanté de l'horrible supplice, accepta le baptême en échange de la liberté. « Tu es maintenant en état de grâce, sauvage, répliqua le dominicain, tu n'as pas besoin d'autre chose ». Le lendemain on le trouva étranglé. Son corps fut réduit en cendres et dispersé au vent.

Désormais seul potentat, Pizarre songea à remplir ses engagements. Non qu'il craignît l'Empereur, mais il désirait de la poudre et des renforts. En échange du quart du butin, il sollicitait l'investiture définitive de gouverneur général du Péru, trois nouveaux vaisseaux et mille hommes armés. Hernando, amiral de la petite flotte des conquistadores, fut chargé de cette mission dont Mariani obtint de faire partie à force de supplications.

— « Je vois bien que ton cœur est là-bas, mon Ange, soupira le Grand Marquis en l'envoyant à San Miguel, je te regretterai, malgré ton compadre que je conserve. Défends bien mes intérêts... et les tiens. Voici la relation que mon frère Hernando devra remettre à l'Empereur. Va, et bon vent ! »

C'est ainsi que le jeune médecin revint au vieux continent qu'il n'espérait plus revoir.

Qui dira le retour aux lieux chéris depuis longtemps quittés ! Ah ! combien il sentait palpiter son âme, et son amour flamber, quand reparurent sur les flots l'île de Léon et sa couronne de remparts, comme une balancelle à l'attache, la Torre de Tavira, les hauteurs agrestes de la Apodaca, les maisons blanches et les miradores joyeux ! Les formalités du précieux débarquement lui semblèrent interminables, désolantes ! Enfin il foula le sol de la ville, la Calle Mayorale, et courut vers l'antique église à l'heure de tierces, où jadis, chaque jour, priaient la nièce de don Zarape et la bonne duègne dona Alcarazon. Son cœur battait à tout rompre.

La grosse cloche sonna, le dernier coup comme un glas. Dans l'ombre s'avançait un vieillard courbé sur le bras d'une dame. Il reconnut avec peine don Zarape et dona Alcarazon, tant leurs traits étaient altérés et leur aspect désolé. Mais Inésille ? Une angoisse terrible l'étreignit. Ce chagrin, ces vêtements de deuil, grand Dieu ! — « Ah ! vous revenez bien tard, Ange le Mariani » soupira la duègne en essuyant ses yeux voilés de larmes, « notre malheureuse Inésille ! » Elle lut tant d'horreur dans le regard du jeune homme qu'elle s'écria : « Non, non, pas ce que vous croyez, mais si mal... Don Zarape, don Zarape... » — « Hein? » C'est le jeune homme, vous savez, le jeune homme... » — « Oui, je sais, je sais... » bégaya-t-il avec un regard sans vie. — « Venez,

Ange le Mariani, retournons à la maison ».

Inésille se mourait. Ses beaux yeux épandus sur son sein, les ombres du trépas couvrant son doux regard, elle contemplait, inerte, l'horizon de la mer. — « Il est revenu » dit dona Alcarazon en prenant sa main glacée « votre soleil est revenu ! »

Quel ravissement emplit son être ! Sa respiration plus légère entr'ouvrit sa bouche: son front diaphane rayonna. Elle reconnaissait le voyageur. La langueur, le chagrin, l'attente désespérée avaient tari les sources de son existence. Don Zarape, opiniâtre en ses volontés, malade de contrariété, ne s'était relevé qu'aveuli et cacochyme. Le retour d'Ange le Mariani et l'*aymara koka* eurent une influence salutaire. — « Je suis désormais riche et puissant, dit-il, riche par l'or, puissant par la science. Veillez sur votre maître, dona Alcarazon, et qu'Inésille espère. Quelques heures nous séparent du bonheur... »

L'Empereur Charles-Quint avait déserté l'Escurial pour une retraite à Yuste. Il se trouvait alors dans ces crises d'hypocondrie qui le rendaient l'homme le plus hargneux et le plus méfiant de l'Europe entière, et durant lesquelles, comme anéanti sous le poids du monde, il venait chercher l'oubli des hommes dans la béatitude du cloître.

Hernando Pizarre conduisit son butin, et, accompagné du seul Mariani, tenta de pénétrer jusqu'au monarque. Chacune des heures qui s'écoulaient affolait le cœur du jeune Corse. Il avait su communiquer sa fébrile impatience à son chef auquel pesait l'inaction. On usa de ménagements pour les annoncer. L'Empereur, gémissant et hurlant, d'un geste, ferma la bouche du Père directeur. — « Monseigneur Dieu, qu'ai-je donc fait ! Je promets pour mon repos un cierge de vingt-quatre livres à Saint-Jacques de Compostelle,... et un manteau d'or doublé de soie à votre sainte mère,... et un autel de marbre des quatre coins du monde,... pour mon repos. »

Le Père directeur, impératif, étendit son doigt menaçant. — « Mon fils, êtes-vous donc lâche, les trésors du Péru sont là. » — « Que m'importe ! » — « La sainte maison qui vous couvre les recevra. » — « Je souffre trop, mon père, miséricorde. Obtenez que Dieu me fasse grâce, et je vous abandonne le Péru ». Après un silence effrayant : « Ah ! mes membres qui craquent, la bouche qui me brûle, et mes yeux qui se voilent ! Vous êtes des démons ! Monseigneur Dieu, envoyez un ange pour soulager votre indigne enfant ! »

Après deux heures d'une impatience mortelle, les envoyés du conquistador virent venir le Père directeur. — « L'Empéreur ne peut vous recevoir, dit-il sèchement. Il est dans un état de santé qui ne lui laisse aucune liberté d'esprit, aucune. Ainsi donc... »

Hernando trépigna de colère, Mariani parla : « Souffre-t-il donc bien ? » — « s'il souffre ! à en perdre la raison Et le pire c'est qu'il ignore de quoi. Il demande un ange pour le soulager ! »

— « Voilà ton affaire, Mariani, l'ange c'est toi. » Le jeune herboriste sourit modestement, mais son cœur bondissait d'espoir. L'amour centupla sa hardiesse. — « Voulez-vous que j'essaye, révérend Père ? »

— « Malheureux ! pénétrer auprès de l'Empereur pendant sa retraite, sans son ordre ! êtes-vous seulement médecin ? »

Mariani inclina la tête et tendit un flacon au moine hésitant. « Voici l'extrait d'une plante des pays nouveaux. C'est la meilleure des richesses que nous apportons.

Obtenez qu'il y goûte. Je ferai le reste... Je vous en supplie ».

Une heure après, Charles-Quint recevait les envoyés de Pizarre, souriant, presque gai, disant au Père directeur agenouillé : « Vous le voyez, Monseigneur, Dieu m'a entendu, voici l'ange... Approchez, approchez, mon ami. Je vous prie de m'écrire une relation sur votre merveilleuse plante. Vous savez, j'en ai fait boire à mon perroquet, celui de Cortez, je n'en ai bu qu'ensuite. Il est devenu subitement bavard comme un âne, et mes douleurs ont cessé... Votre ?... Comment l'appelez-vous ? — « *Aymara koka*, sire. » — « Aymara koka ?... que les jardins royaux en soient munis. Ma cassette vous est ouverte. Allez trouver le secrétaire de mes commandements, et que tout soit selon vos désirs. Je vous nomme médecin de la couronne... »

C'est ainsi que se réalisa le conte de fées, et que Mariani L'Ange terrassa les deux lions. Il vola vers Inésille mourante, se présenta résolument, dans sa gloire, chez le cacochyme don Zarape auquel il rendit en un tour de mains jeunesse et santé. Et, pour Inésille, jamais, non jamais on ne vit plus svelte épousée marcher d'un pas plus ferme à l'autel, avec le plaisir et le bonheur au visage.

Plus tard, bien plus tard, quand ils eurent beaucoup d'enfants, des petits lions rablés qui rutilaient de force et de santé, après que Pizarre eut été massacré à Guzco par les amis d'Almagro, quand l'empereur fut mort, Mariani L'Ange voulut revenir aux bords de ses jeunes ans et retourna se fixer dans sa pauvre île de Corse. Est-il besoin d'ajouter que toujours il cultiva la plante sacrée des Incas pour apaiser la souffrance et semer la joie autour de lui? Et ceci, mes bons amis, n'est pas une simple fantaisie de conteur épris d'archaïsmes, c'est bel et bien de l'histoire.